JEAN BOSLER
DOCTEUR ÈS SCIENCES
ASTRONOME A L'OBSERVATOIRE DE MEUDON

POINCARÉ

(Extrait du *Bulletin de la Société des Amis de l'École Polytechnique*
N° d'octobre 1912)

PARIS
IMPRIMERIE PAUL DUPONT
4, RUE DU BOULOI, 4
—
1912

HENRI POINCARÉ

L'École Polytechnique a perdu l'été dernier un des hommes qui l'ont peut-être le plus illustrée depuis sa fondation et dont la gloire rejaillissait sur notre patrie. Héritier tout à la fois de Laplace, de Fresnel et de Cauchy, Poincaré jouissait dans le monde entier d'une autorité incontestée : son opinion, partout révérée hors de nos frontières, était en France presque un oracle. Tandis que les Universités et les Académies des plus lointains pays s'efforçaient de l'attirer, les savants mêmes dont les recherches lui étaient peu familières tenaient à honneur de le consulter et les pouvoirs publics, se disputant sa compétence, l'appelaient à la tête de presque toutes les commissions techniques. C'est que, dernier en date parmi les grands mathématiciens du XIXe siècle, Poincaré avait avec ceux du XVIIIe, si souvent universels, plus d'un trait commun : on ne retrouvera peut-être plus, à une époque où la spécialisation paraît à certains une des conditions du progrès, cette largeur d'un esprit apte à tout embrasser et à tout comprendre, cette ampleur de pensée qui faisait jadis d'un Newton un astronome et un physicien de premier ordre et, en même temps, un géomètre incomparable.

La réputation de Poincaré était donc, lorsque la mort l'a prématurément touché d'un doigt insensible au génie, un dogme dans tous les milieux. Il faut cependant convenir que bien des gens qui professaient pour lui une aveugle admiration eussent été bien embarrassés d'en donner les motifs précis : cela tient un peu à ce que, comme l'a dit Frédéric Masson, il n'était guère suivi jusqu'au bout de ses hautes spéculations mathématiques que par trois ou

quatre, tout au plus, de ses émules. Je n'ai assurément pas la prétention de faire partie d'un cénacle aussi restreint — il est à peine besoin de le dire. Mais fort heureusement, cette montagne escarpée, au sommet de laquelle, selon le spirituel académicien, Poincaré était si vaillamment parvenu, offre en chemin quelques hôtelleries où, suivant sa lassitude, le voyageur essoufflé peut aisément trouver à s'arrêter. C'est de l'une d'elles qu'a été écrit cet article.

La carrière d'Henri Poincaré tient en quelques lignes : on a pu dire avec justesse qu'elle était représentée par la bibliographie de ses écrits. Sa vie privée parfaitement calme était si protégée par l'affection de son entourage contre les menus ennuis de la vie journalière, son âme élevée était si inaccessible à l'ambition ou à l'égoïsme, principales causes des agitations humaines, qu'il n'y avait guère place chez lui pour des préoccupations étrangères à la Science. Fils d'un médecin de Nancy, son enfance fut un peu maladive : il prit ainsi, tout jeune, ces habitudes de vie intérieure, de pensée sans cesse concentrée en elle-même qui ne le quittèrent plus. Après des études brillantes, il entra à l'École, major, en 1873 et en sortit dans le Service des Mines dont il devait, par la suite, gravir tous les échelons. Il se consacra cependant de bonne heure à la science pure et, après une thèse remarquable, fut nommé, à vingt-cinq ans, professeur d'analyse à la Faculté de Caen. Maître de conférences à la Sorbonne deux ans plus tard, il devait y occuper successivement les chaires de mécanique physique, de physique mathématique et de calcul des probabilités et enfin de mécanique céleste qu'il garda seize ans, jusqu'à sa mort. En même temps, il remplissait à l'École Polytechnique les fonctions de répétiteur d'analyse jusqu'en 1897, puis de professeur d'astronomie. En 1887, déjà précédé de travaux hors de pair, il entrait à l'Académie des Sciences : il obtenait peu après le prix du roi Oscar de Suède, puis celui consacré par les Hongrois à la mémoire de Bolyai, et enfin, en 1909, il devenait à l'Académie française, après Claude Bernard, après Pasteur, après Berthelot, le représentant de la pensée scientifique. Associé étranger de la Société Royale de Londres, il faisait déjà, quand la maison de Richelieu lui ouvrit ses portes, partie de 32 académies ! Ce serait donc peine inutile que de vouloir insister davantage sur les titres officiels que tous les corps savants lui prodiguèrent à l'envi et nous préférerons, sans plus énumérer les honneurs, parler maintenant de l'œuvre immense qui les justifiait.

I. — LE MATHÉMATICIEN

Frappé de l'obstacle qu'apporte dans toutes les sciences exactes la difficulté d'intégrer les problèmes, Poincaré s'attaqua dès le début à la question capitale en Analyse : la résolution des équations différentielles et particulièrement des équations linéaires. C'est pour y parvenir que, par une généralisation hardie des fonctions elliptiques et trigonométriques, il imagina les *fonctions fuchsiennes* (1) (ou automorphes) dont l'invention demeurera une de ses plus belles découvertes. Nous allons en dire quelques mots.

Les fonctions périodiques ordinaires ne changent pas quand on y remplace la variable z, réelle ou imaginaire, par $z + 2 k \pi$, c'est-à-dire quand on effectue toutes les substitutions $(z, z + 2 k \pi)$, k étant un entier quelconque. De même, les fonctions fuchsiennes sont caractérisées par cette propriété de rester invariables quand on y remplace z par une infinité d'expressions de la forme $\dfrac{a z + b}{c z + d}$.

Les paramètres *réels a, b, c, d*, ne sauraient d'ailleurs varier, dans cette définition, d'une façon continue : la fonction se réduirait évidemment dans ce cas à une constante. Il faut donc pour la définir une restriction : les substitutions $\left(z, \dfrac{a z + b}{c z + d}\right)$ — où l'on s'arrange de manière que $ad - bc = 1$ — peuvent être en nombre illimité; mais elles doivent former un groupe discontinu (2). Tels sont les premiers groupes fuchsiens (3) étudiés par Poincaré.

On s'aperçoit sans peine qu'une substitution quelconque de la forme ci-dessus transforme un point réel en un autre également réel, autrement dit laisse invariable une droite du plan, à savoir l'axe des quantités réelles. On peut alors généraliser et envisager les groupes discontinus de substitutions de la même forme, mais à coefficients a, b, c, d *réels ou imaginaires*, qui laissent invariable un certain cercle du plan (au lieu d'une droite) : Poincaré, étendant

---

(1) Ainsi nommées par lui en l'honneur de Fuchs dont il utilisa les travaux sur les équations linéaires.

(2) Un ensemble de substitutions forme un *groupe* si 2 quelconques d'entre elles, effectuées successivement, ont pour résultante une substitution faisant déjà partie de l'ensemble. Exemple : les translations, les rotations. — Un groupe est *discontinu* si, après une substitution, le point transformé de z ne peut jamais en être infiniment voisin. Exemple : le groupe de toutes les substitutions de la forme $(z, z + 2 k \pi)$, où k est entier.

(3) Si a, b, c, d sont des nombres entiers, cela suffit à définir le groupe, et la fonction fuchsienne correspondante n'est autre que la fonction modulaire de la théorie des fonctions elliptiques.

la définition de tout à l'heure, conserva à ces derniers le nom de groupes fuchsiens et en fit la classification méthodique; à chacun d'eux est attachée une classe de fonctions fuchsiennes qui lui correspond.

Les propriétés de ces transcendantes nouvelles sont fort analogues à celles des fonctions elliptiques; ainsi Poincaré parvint à former des fonctions thêtafuchsiennes rappelant les fonctions thêtaelliptiques bien connues, puis des fonctions fuchsiennes proprement dites comparables à la fonction $p(z)$ de Weierstrass. L'introduction des fonctions zêtafuchsiennes lui permit enfin de mettre le couronnement à une éclatante découverte, en l'appliquant à l'intégration des équations différentielles linéaires à coëfficients algébriques; il n'est même pas nécessaire que les coëfficients de l'équation soient fonctions rationnelles de x pour qu'on puisse intégrer par la nouvelle méthode : il suffit qu'ils dépendent rationnellement des coordonnées des points d'une courbe algébrique. Ce résultat est assurément l'un des plus généraux qui aient jamais été obtenus dans la théorie des équations différentielles. Il ne faudrait cependant pas croire qu'il soit d'une mise en pratique aisée; on n'en est pas encore — loin de là — à réduire comme de simples cosinus, les fonctions de Poincaré en tables numériques.

Les fonctions fuchsiennes se retrouvent dans une autre circonstance qui précise encore leurs relations avec le « monde algébrique ». On sait que les coordonnées des points d'une courbe algébrique unicursale (c'est-à-dire de genre o), peuvent s'exprimer en fonctions rationnelles d'un paramètre. Celles d'une courbe de genre 1 peuvent se représenter par des fonctions elliptiques. Eh bien ! Poincaré étendit cette propriété remarquable et bien connue à *toutes* les courbes algébriques, de genre quelconque : les coordonnées de leurs points peuvent toujours, au moyen des fonctions fuchsiennes, être représentées par des fonctions uniformes d'un paramètre. Son théorème est même plus général encore : tel quel, ce résultat, n'est-il pas vrai, l'est déjà suffisamment.

Ces mêmes fonctions reparaissent encore dans la théorie des formes, c'est-à-dire dans la haute arithmétique, mais la plus suggestive de leurs connexions est sans contredit leur parenté avec la géométrie non-euclidienne. Tout le monde a plus ou moins entendu parler de cette géométrie bizarre, vraiment digne du pays des nihilistes, et qui, tout en niant le postulatum d'Euclide sur les parallèles, arrive néanmoins, par une suite de théorèmes étranges, mais non contradictoires entre eux, à se soutenir jusqu'au bout.

Bien fou cependant paraîtrait celui qui prétendrait employer de pareilles billevesées à la découverte de faits exacts. Mais le fameux docteur Lombroso, théoricien du génie, n'avait peut-être pas si tort qu'on le croit, car Poincaré eut un jour l'intuition que les transformations qui lui avaient permis de définir ses premières fonctions fuchsiennes étaient précisément celles que l'on rencontre en géométrie non-euclidienne. Il put donc utiliser toute cette théorie dans ses propres recherches et lui donner des applications mathématiques du plus haut intérêt, où le célèbre postulatum n'avait rien à voir : elle acquérait ainsi droit de cité. On savait, il est vrai, déjà — et Poincaré contribua à préciser ce point de vue — que, moyennant certaines conventions de langage, les divers théorèmes non-euclidiens pouvaient se traduire en termes géométriques ordinaires et qu'alors ils devenaient parfaitement orthodoxes, ce qui suffisait à montrer aux esprits avertis que la question de leur exactitude avait été mal posée.

L'œuvre de Poincaré, même limitée aux mathématiques pures, est colossale : nous ne pouvons seulement songer à citer ses autres travaux : sa belle méthode du « balayage » pour le problème de Dirichlet, ses mémoires sur la théorie des fonctions, sur la forme des courbes définies par des équations différentielles, sur les résidus des intégrales doubles, etc., etc. Ce que nous en avons dit suffit à faire apprécier sa manière.

Il n'était pas de l'école de ces logiciens purs, à la Weierstrass, qui, les yeux fermés sur la réalité concrète, consacrent toutes les ressources de leur esprit à échafauder sur des bases parfois étroites des raisonnements impeccables : l'extrême gauche de ce parti-là menace même, entre parenthèses, de transformer la Mathématique moderne en une nouvelle scolastique. Comme Riemann au contraire, comme la plupart des grands géomètres d'autrefois, Poincaré devait beaucoup à l'intuition : convaincu de l'harmonie profonde du Monde mathématique et aussi du Monde tout court — qu'il n'était pas loin de ramener au premier, nous le verrons bientôt — il apercevait sans peine, entre des théories en apparence fort différentes, des analogies qui échappaient à autrui; une force peu commune de généralisation faisait le reste. Il nous a d'ailleurs dit lui-même sa façon de travailler, celle à des degrés divers de beaucoup de mathématiciens. L'effort conscient chez lui était rarement productif : c'est à l'improviste, par le travail obscur de la pensée (mais toujours après de vaines tentatives parfaitement volontaires) que les idées jaillissaient de son cerveau, telle Mi-

nerve, soudaines et étincelantes. Et ce rôle prépondérant de l'inspiration, cette intervention du sentiment esthétique, expliquent qu'il ait pu être véritablement original et créateur.

II. — L'ASTRONOME

Un des objets les plus constants des méditations de Poincaré, un de ceux aussi qui lui valurent ses plus beaux succès, fut la Mécanique céleste. L'homme capable de consacrer à la grandeur de l'Astronomie, sœur aînée et éducatrice de toutes les sciences, les pages magnifiques que l'on peut lire dans la « Valeur de la Science » se devait à lui-même d'employer son génie à en déchiffrer les dernières énigmes. Quoi d'ailleurs de plus tentant pour le mathématicien que ces recherches grandioses, où la haute géométrie peut pleinement donner la mesure de sa puissance? Un problème surtout, celui des 3 corps, méritait entre tous d'attirer un esprit de cette envergure. Il avait depuis deux siècles défié les efforts successifs de Newton, de Lagrange, de Laplace et de bien d'autres : c'était encore en 1880, pour les astronomes, une manière de quadrature du cercle. L'énoncé en est dans toutes les mémoires : trois corps s'attirent mutuellement selon la loi de Newton, trouver leurs mouvements. Poincaré le retourna en sens divers durant de longues années, inventant tour à tour pour mieux pénétrer au cœur de la place tout un arsenal d'instruments nouveaux : la classification des solutions périodiques (1), l'introduction des solutions asymptotiques, puis doublement asymptotiques (dans le passé comme dans l'avenir), enfin celle des invariants intégraux (2) furent les fruits de ce labeur et nul ne contestera que tous ces efforts aient totalement renouvelé la face de la question. Faut-il dire qu'ils l'ont résolue? Oui, peut-être, à un certain point de vue. De même qu'on peut prétendre qu'Hilbert, prouvant que le nombre π est transcendant, a « résolu » la quadrature du cercle en montrant son impossibilité, de même les résultats de Poincaré sont si décisifs qu'on est bien tenté de leur donner le nom de solution.

Qu'on en juge. Un mathématicien allemand, Bruns, avait dé-

---

(1) Les positions et vitesses initiales des 3 corps définissent une solution, c'est-à-dire l'ensemble des orbites de chacun d'eux. Une solution est dite *périodique* si les 3 corps reviennent périodiquement dans les mêmes positions relatives; elle est appelée *asymptotique* quand, sans être périodique, elle tend à le devenir au bout du temps infini.
(2) Cette notion, assez délicate, servit à Poincaré à établir quelques-unes des propriétés les plus singulières et aussi les plus cachées des orbites.

montré que le problème ne pouvait admettre en dehors des intégrales connues (des aires et des forces vives) aucune intégrale algébrique — ce qui était bien de nature à refroidir le zèle des cher-
cheurs. Poincaré fit mieux : il établit qu'il ne pouvait exister de
nouvelle intégrale uniforme, même transcendante. Il faut donc
renoncer à intégrer le problème des 3 corps, par aucun des moyens
déjà connus. Sa solution dépasse les ressources des mathématiques
actuelles : seul un renouvellement complet, que nous ne pouvons
même concevoir, des procédés à mettre en œuvre pourrait en venir
à bout.

De ce théorème capital, Poincaré tire une conclusion des plus
surprenantes, qu'il établit aussi directement : la divergence des
séries de la Mécanique céleste. Les séries sur lesquelles se basent
depuis deux siècles les calculateurs, pour prédire les mouvements
des astres avec une précision qui, lors des éclipses, étonne toujours
tant le public, ces séries là ne sont pas en général convergentes;
si elles l'étaient, en effet, l'existence d'intégrales uniformes s'en-
suivrait et c'est là, nous venons de le dire, une impossibilité. On se
demande alors si, réellement, le Bureau des Longitudes perd son
temps et comment il se fait que la chose ne se soit pas encore
ébruitée. L'apparent paradoxe vient de ce que les termes d'une
série divergente peuvent aller d'abord en diminuant plus ou moins
vite, pour croître ensuite sans limite à partir d'un certain rang (1).
Il peut encore arriver qu'en s'arrêtant dans la série au terme le
plus petit, on obtienne une valeur suffisamment exacte de la fonction que celle-ci est censée représenter; si l'erreur commise est,
par exemple, de l'ordre du premier terme négligé et si ce terme
est très petit, l'approximation peut être fort notable, mais *non pas
indéfinie*. Telles sont les circonstances curieuses qui se présentent
effectivement en Mécanique céleste; on les rencontre du reste aussi
en Analyse pure, notamment dans l'étude des fonctions eulériennes
(série de Stirling) et cela disculpe en partie la Providence d'avoir
voulu, de propos délibéré, tourner en dérision les efforts des mal-
heureux astronomes. Quoi qu'il en soit, les procédés de calcul que
Lagrange et Laplace avaient établis, valables pour quelques siècles,
ne le sont plus, comme on le croyait, pour des millénaires : il faut
à l'avenir d'autres méthodes et c'est afin d'en jeter les bases que

---

(1) Il en est ainsi, par exemple, pour la série dont le terme général est : $\dfrac{1.2.3\ldots n}{1000^n}$

Poincaré a écrit, pour nos descendants, son immortel ouvrage sur les « Méthodes nouvelles de la Mécanique céleste ».

La stabilité du système solaire, telle qu'on l'entendait autrefois, subit le contre-coup de toutes ces révélations. On la croyait assurée par l'invariabilité des grands axes planétaires que Laplace et Poisson jugeaient avoir démontrée; puis Newcomb, Gyldén et d'autres, en faisant disparaître des séries les termes séculaires (1), les avaient mises sous forme purement trigonométrique, et par suite périodique — nouvel argument fort sérieux dans le même sens. Il fallut en rabattre : ces développements ne convergent pas plus que les autres et l'on ne peut toujours pas affirmer, mathématiquement parlant, que notre système est stable : tout ce qu'on peut assurer est que la stabilité est infiniment plus probable que l'instabilité. A vrai dire, la question est maintenant, pour d'autres raisons, tranchée en fait : les forces de gravitation ne sont pas les seules qui soient dans l'Univers; les effets de frottement dûs aux marées, aux chutes de météorites, aux courants de Foucault nés du magnétisme des planètes, etc., nous mènent lentement, mais sûrement, à notre perte, c'est-à-dire à une chute générale dans le Soleil. Inutile d'ajouter que ce cataclysme n'aura probablement pas lieu avant quelque temps; d'ici là, la part de l'imprévu, grande malgré tout dans le vaste Monde, pourra suffire à satisfaire les esthètes les plus ennemis des sciences exactes et les plus épris de fantaisie, si toutefois la race s'en conserve.

Après le problème des 3 corps, la seconde en importance des questions classiques de la Mécanique céleste est assurément l'étude des figures d'équilibre d'une masse fluide en rotation. Poincaré ne pouvait manquer de l'aborder, et là encore de se signaler une fois de plus. On connaissait deux figures d'équilibre : l'ellipsoïde aplati dont les planètes nous donnent des exemples, puis un ellipsoïde à 3 axes inégaux, dit de Jacobi. Poincaré montra que si la vitesse de rotation s'accélérait, ce dernier pouvait se transformer en une figure bizarre, en forme de poire et, elle aussi, très probablement stable (2). Il est alors à prévoir que, la vitesse croissant encore, la poire s'allonge pour finir par se partager en deux masses : c'est peut-être là l'origine de certaines étoiles doubles et même de notre satellite.

---

(1) C'est-à-dire ceux qui, contenant le temps en facteur, sont susceptibles de croître indéfiniment.
(2) Nous disons très probablement, car on discute encore un peu sur ce point.

Dans cet ordre d'idées encore, après avoir marqué quelques étapes, il faut nous arrêter. Et pourtant que d'intéressants problèmes le grand géomètre avait-il encore affrontés ! Anneau de Saturne (il avait réussi à en montrer rigoureusement la nature corpusculaire, confirmée depuis par l'observation), hypothèses cosmogoniques (son dernier livre), théorie des marées, voie lactée et nébuleuses... le champ entier de l'astronomie avait été exploré par lui. Il lui était resté de ces études sur la formation des mondes, en même temps qu'un large éclectisme ne rejetant à priori aucune hypothèse, une préférence sensible, semble-t-il, pour celle de Laplace. Les phénomènes des marées, notamment des marées internes des planètes, qui ont été si bien mis en évidence par Sir George Darwin, paraissaient à Poincaré répondre à toutes les objections opposées à Laplace : leur grande influence en cosmogonie n'est d'ailleurs aujourd'hui plus douteuse.

III. — LE PHYSICIEN

Mais les Mathématiques et l'Astronomie n'étaient pas seules à se partager la vaste intelligence d'Henri Poincaré. Tout l'intéressait; le mot de Térence semblait avoir été fait pour lui : homme il était et rien de ce qui passionne l'humanité ne lui était étranger. La Physique — celle du moins qui non contente d'observer les faits cherche à pénétrer toujours plus avant dans leur mystère — occupait dans ses méditations une large place. Il en fouilla tous les recoins, faisant chaque année à ses auditeurs un cours différent, soumettant à une critique étroite tout ce qui relève du raisonnement, forçant pour ainsi dire les physiciens à ne pas se contenter d'à peu près uniquement consacrés par l'usage. La thermodynamique, la théorie électromagnétique de la lumière, la dynamique de l'électron pour ne citer que les matières les plus ardues, furent ainsi presque entièrement remaniées par lui et la collection de ses cours forme aujourd'hui une des œuvres les plus colossales qui soit.

Les expérimentateurs attendaient de sa bouche des interprétations d'expériences faites, des indications d'expériences à tenter : s'il n'en faisait pas lui-même, il guidait du moins celles des autres. L'un des premiers, en France, il sut s'intéresser à la théorie des électrons, bien connue chez nous maintenant, mais dont on ne s'occupait guère, voici dix ans, que dans les revues étrangères, et Dieu sait combien d'idées nouvelles, en plus de ses propres décou-

vertes, il eût encore acclimatées dans notre pays toujours un peu routinier, un peu dédaigneux même des initiatives hardies d'autres races. Apercevant avec netteté les difficultés probablement insurmontables que les lois du rayonnement opposent à la théorie des ondulations de la lumière, il chercha à les tourner et parvint, par des voies indépendantes, aux mêmes conclusions que Max Planck. Il faut en prendre son parti : les physiciens de demain seront sans doute forcés de faire quelques concessions à la vieille hypothèse de l'émission lumineuse, mise au rancart depuis cent ans et devenue aujourd'hui la théorie des « Quanta ». Ah ! qu'il est heureux pour les savants, soit dit en passant, que Brunetière ne soit plus de ce monde : il avait mené jadis contre eux un beau tapage et pour bien peu de chose; mais cette nouvelle « faillite » là l'aurait fait tressaillir d'aise : on l'aurait bien vu. Poincaré, lui, moins inféodé aux dogmes que l'autoritaire souverain de la *Revue des Deux-Mondes*, ne se serait pas laissé émouvoir et nous verrons tout à l'heure pourquoi.

Mais la grande préoccupation des dernières années de Poincaré, celle sur laquelle il revint le plus souvent, fut peut-être le principe de relativité, étroitement lié du reste aux progrès récents de l'optique et de l'électricité. On sait en quoi consiste cette grande loi : étendant à tous les phénomènes physiques une notion bien connue de mécanique, elle affirme que toutes les expériences que l'homme pourra tenter pour déceler le mouvement *absolu* de la Terre, si la vitesse en est uniforme, sont vouées d'avance à un échec certain, de même qu'elles ont échoué jusqu'ici. Le mouvement uniforme, on le savait déjà, n'engendre pas de forces; allant plus loin, on le déclare impossible à mettre en évidence par quelque moyen que ce soit : nous ne pouvons observer que des mouvements relatifs. Ce principe paraît être un des plus généraux de la nature et Poincaré, avec ce flair presque infaillible, avec ce sûr sentiment du vrai qu'il possédait, en prévit, dès le début, toute l'importance. Aussi, quand Lorentz voulut expliquer par des calculs d'approximations, l'insuccès des expériences optiques sur la translation de la Terre dans l'espace, il ne craignit pas de dire sa foi en une explication non plus approchée, mais rigoureuse. Il avait raison : Lorentz lui-même, puis d'autres y sont parvenus depuis et le principe semble avoir enfin trouvé sa forme définitive. L'espace absolu n'existe pas et il n'y a pas davantage — les mêmes recherches le montrent — un temps absolu auquel on puisse rapporter tous les phénomènes. Mais nous voilà, n'est-il pas vrai, en pleine métaphysique et nous

sommes ainsi insensiblement amenés à parler de la philosophie de Poincaré.

IV. — LE PHILOSOPHE

On a beaucoup écrit sur le « Poincarisme » et l'on prête parfois à son auteur, avec une respectueuse admiration, toutes sortes d'opinions relevant du simple bon sens, et que le moindre savanticule s'en voudrait de ne pas professer, si j'ose dire, dès le lycée. Ou bien encore à force de parler en termes vagues du « scepticisme » de Poincaré on finit, sans le vouloir, par l'assimiler à celui, devenu si banal, du boulevardier dont les yeux ont vu tant de choses, de vicissitudes et de régimes que rien ne l'émeut plus désormais. Tout cela donne une assez faible idée d'un tel homme aux personnes étrangères à la Science.

La Métaphysique jouit par ailleurs d'une mauvaise réputation. Voltaire, en la définissant, lui a fait un tort énorme : « Quand deux « philosophes discutent sans se comprendre, ils font de la méta- « physique; quand ils ne se comprennent pas eux-mêmes, ils font « de la haute métaphysique ! » Les Allemands sont arrivés par là-dessus, ont entassé les volumes et…… ont donné raison à Voltaire. — N'empêche que les plus grands esprits de tous les temps, Descartes, Leibnitz, Newton et pas mal d'autres n'ont pas dédaigné ces spéculations et, quoi qu'on en ait dit, elles ont fait depuis d'indéniables progrès. Elles forment, il est vrai, en grande partie une manière de chasse gardée, presque exclusivement réservée à la récréation des seuls mathématiciens ou au moins de leurs amis. Certes, il n'y a pas d'intégrales dans les œuvres philosophiques de Poincaré (*la Science et l'Hypothèse, la Valeur de la Science, Science et Méthode*) non plus que dans ses articles de la *Revue de métaphysique et de morale :* ce ne sont pourtant pas là, toute exagération mise à part, des propos à l'usage des gens du monde et il faut, pour les bien apprécier, un peu de préparation.

Poincaré était avant tout géomètre, comme beaucoup de ses devanciers : aussi la véritable nature des principes de la Mathématique paraît-elle avoir été un de ses premiers sujets de réflexion. Les vérités mathématiques reposent entièrement sur les définitions; les règles du syllogisme et le raisonnement par récurrence sont, pour Poincaré, les seules armes du mathématicien. Je dis *les seules*, et c'est là le point capital; il s'ensuit que les mathématiques n'empruntent rien à l'expérience : ce sont de pures

créations de notre esprit. L'esprit est toujours libre d'accumuler les combinaisons; mais il n'y a que les combinaisons harmonieuses, simples et belles qui méritent d'attirer l'attention : ce sont les seules viables.

La géométrie n'échappe pas à cette loi. A côté de ses définitions, elle énonce, plus ou moins explicitement, quelques axiomes (Poincaré en trouve huit en tout) : ces axiomes-là ont le caractère de conventions, ce qui les rapproche des définitions. C'est dire que la géométrie est entièrement soustraite au contrôle de l'expérience Mais, dira-t-on, et le postulatum d'Euclide, n'est-ce pas une vérité empirique? — Du tout, répond Poincaré, c'est une définition — au fond celle de la ligne droite — et celle-ci nous est non pas imposée, mais conseillée par l'expérience comme la plus simple et la plus commode, étant donné les propriétés des solides naturels ainsi que toutes nos habitudes.

La possibilité d'édifier des géométries non-euclidiennes montre bien, au demeurant, le côté conventionnel de notre géométrie On peut même concevoir un monde — Poincaré nous le décrit en détail dans *Science et Hypothèse*, et il n'est pas plus baroque qu'un autre — où la géométrie que devraient adopter des êtres pensant comme nous, mais y ayant fait leur éducation, serait non-euclidienne. Il faut ajouter que, dans ce monde, les solides en se déplaçant changeraient de forme sans qu'on s'en aperçoive (puisqu'on les mesurerait avec d'autres corps sujets aux mêmes changements) : or nous ignorons s'il n'en est pas ainsi dans notre monde à nous. Seulement, ce que nous savons fort bien, c'est que la géométrie non-euclidienne est très compliquée et que l'ensemble de notre science rend notre géométrie infiniment plus commode. Si l'on venait, par exemple, à découvrir qu'il y a réellement des étoiles à parallaxe négative, on pourrait trouver là un argument contre le postulatum d'Euclide : tout le monde préférerait cependant conserver le postulatum et admettre que la lumière ne se propage pas *exactement* en ligne droite.

Nous avons vu tout à l'heure, à propos du principe de relativité, que l'homme est, en fait, hors d'état de mettre en évidence un espace ou un temps absolu : ce ne sont pas là des réalités extérieures à nous, mais des formes de notre entendement, passées héréditairement dans nos habitudes au cours d'une longue évolution. L'espace nous apparaît pourtant avec 3 dimensions et l'on pourrait attribuer à ce caractère une origine objective. Mais, pour Poincaré, l'espace n'a pas 3 dimensions plutôt que 4 ou davantage :

on peut raisonner dans l'espace à 4 dimensions comme dans celui à 3 ou à 2. Tout ce que l'on peut dire, c'est qu'il nous est commode, étant donné la structure de notre esprit, de lui en attribuer 3. De même la notion de simultanéité, si claire en apparence, n'a pas, quand on l'analyse rigoureusement, de base précise : l'impression de continu à une dimension que nous procure le temps est donc, elle aussi, une conséquence de notre éducation atavique.

Les autres sciences nous conduisent à des résultats du même genre : leurs principes, dont la vérification minutieuse occupe tant les savants, ne constituent au fond que des manières commodes d'exprimer les faits ; mais ils sont en eux-mêmes invérifiables, car ils comportent toujours quelque grandeur à laquelle ils servent précisément de définition. Si l'on réussit un jour à trouver l'un d'eux en défaut, ce ne saurait être de beaucoup et alors il sera tout indiqué de modifier un peu la définition plutôt que de renoncer au principe. Seulement, il faudra en chercher un autre, si l'on veut continuer à découvrir des faits nouveaux.

Les hypothèses scientifiques — ces fameuses hypothèses dont il est de mode d'accuser les variations — n'ont pas pour but de nous faire connaître la véritable nature des choses, mais de relier entre eux les faits observés et de faciliter la recherche : aussi ne faut-il pas s'étonner de voir les savants renoncer à leurs conceptions, lorsque le progrès de l'expérimentation les y contraint. Que les électrons existent ou non, cela n'a pas pour nous d'intérêt, puisque nous ne pourrons jamais les voir ; ce qui est intéressant, ce sont les faits que cette théorie a permis de grouper, qui, sans elle, paraissent incohérents, et aussi ceux qu'elle laisse prévoir. Nous savons d'ailleurs en particulier que quand un phénomène comporte une explication mécanique, il en admet toujours une infinité : nous choisissons généralement la plus simple. Lorsque Maxwell a montré que les phénomènes électriques, obéissant aux équations de Lagrange, se prêtaient à une telle explication, il était inutile de lui demander laquelle : il aurait pu en imaginer beaucoup, toutes également invérifiables ; l'important dans l'affaire, ce n'est pas tel ou tel mécanisme compliqué, mais c'est qu'on puisse en construire un. En somme, selon Poincaré — d'accord en ceci avec William James et avec tous les Pragmatistes — une vérité n'a de sens pour nous, qu'autant qu'elle est susceptible d'être vérifiée.

Mais ces lois de la nature que nous découvrons petit à petit avec tant de peine, pouvons-nous du moins espérer, malgré leur caractère relatif, qu'elles ont toujours été ce qu'elles sont ? Autre

question dénuée de sens. Nous ne saurons jamais, nous dit Poincaré, si les lois de la nature n'étaient pas les mêmes à l'âge carbonifère qu'aujourd'hui, puisque cette époque n'a pas eu de témoins et que tout ce que nous en savons a été justement déduit de l'hypothèse de la permanence des lois de la nature... —

Toutes ces réflexions tendent, on le voit, à la même conclusion : Nous ne pouvons connaître que les rapports des choses : dans aucun ordre d'idées, en aucune manière, nous ne pouvons atteindre l'absolu. Kant, il est vrai, l'avait déjà dit autrefois et, bien avant lui, Platon, dans l'apologue des Prisonniers de la Caverne. Mais Pythagore aussi avait deviné le véritable système du monde avant Copernic et Poincaré a apporté à la doctrine de la Relativité de la Connaissance de telles précisions qu'ayant atteint avec lui son plein développement, elle ne peut plus être contestée désormais.

Il allait même bien plus loin. Laissons-le parler. « Une réalité, « dit-il, complètement indépendante de l'esprit qui la conçoit, « la voit ou la sent est une impossibilité. Un monde si extérieur « que cela, si même il existait, nous serait à jamais inaccessible..... « Tout ce qui n'est pas pensée est le pur néant, puisque nous ne « pouvons penser que la pensée et que tous les mots dont nous « disposons pour parler des choses ne peuvent exprimer que des « pensées. Et cependant — étrange contradiction pour ceux qui « croient au temps — l'histoire géologique nous montre que la « vie n'est qu'un court épisode entre deux éternités de mort et « que, dans cet épisode même, la pensée consciente n'a duré et ne « durera qu'un moment. La pensée n'est qu'un éclair au milieu « d'une longue nuit. Mais c'est cet éclair qui est tout. » Et ailleurs : « La seule véritable réalité objective est l'harmonie interne du « monde exprimée par ses lois. » — Il revient plusieurs fois sur ces idées, notamment sur la dernière. Ainsi, c'est l'Idéalisme presque absolu, à la manière de Berkeley. Kant admettait encore, derrière les phénomènes, une réalité immanente qui les engendre sans cesse. Certes, nous ne pouvons connaître autrement cette réalité; mais enfin pour le philosophe allemand elle existe. Et cependant, cela, Poincaré ne paraît pas l'admettre : tout ce qui n'est pas pensée est le pur néant.

Alors le monde extérieur n'existe pas? — Vieille question, sur laquelle la philosophie classique a déjà répandu des torrents d'encre! Pourtant — je ne sais si je comprends bien — mais il me semble que quand Poincaré affirme que « la seule réalité *objective* est l'harmonie interne du monde », ou bien il ne s'écarte pas au

fond de la manière de voir de Kant, ou bien plutôt, et comme
Berkeley, il place en Dieu seul l'origine première de toutes nos sen-
sations. Certains passages de *La Valeur de la Science* (surtout
la préface) et aussi son discours de février dernier au jubilé de
M. Flammarion, me donneraient à penser que c'est cette seconde
hypothèse qui est la bonne.

Mais je craindrais, en allant plus loin, de me laisser entraîner
sur un terrain d'autant plus mouvant que Poincaré s'y est rarement aventuré : celui des philosophes de profession. Nous laisse-
rons donc à leur perspicacité, le soin de pénétrer ce qu'il pouvait
penser d'une foule de questions auxquelles l'homme a toujours
attaché un intérêt majeur, touchant sa destinée.

Ce qui est certain, c'est que l'illustre mathématicien n'avait
pour tous les dogmatiques, à quelque parti qu'ils appartinssent,
qu'un sourire à la fois ironique et indulgent. Lui, qui loin d'affirmer
sans cesse doutait sinon de tout, du moins de bien des choses et
savait pourquoi, il n'éprouvait guère de sympathie, par exemple,
pour le matérialisme athée, sûr de lui, d'un Berthelot et d'un Hæckel.
La science lui paraissait d'ailleurs n'avoir aucun point de contact
avec la morale, ni avec tout ce qui s'y rattache ; cette dernière est
en effet entièrement fondée sur le sentiment et les doctrines scientifiques, déjà peu en situation de nous apprendre la véritable nature des choses, peuvent encore bien moins nous éclairer sur ce
que nous devons faire : « l'impératif catégorique » n'a pas cours
dans leur domaine. — Non, la Vérité, aux yeux de Poincaré, mé-
rite d'être étudiée uniquement pour elle-même, indépendamment
des améliorations dans l'ordre moral comme dans l'ordre matériel
que sa poursuite peut assurer au Monde. Le progrès doit tendre à
libérer l'homme de tout souci utilitaire et lui faciliter cette recherche
qui est notre principale raison de vivre.

Ainsi, il croyait surtout, Poincaré, à l' « Harmonie du Monde,
source de toute beauté » et la joie de la contempler était pour lui
le suprême, l'unique bonheur. Mais en même temps qu'il mettait
de l'harmonie dans sa vie — et nous savons tous quel complet désin-
téressement accroissait l'autorité de la moindre de ses démarches —
il édifiait une des œuvres les plus harmonieuses qui fût jamais.
Un des traits marquants de cet ensemble admirable est, en effet,
son unité : la philosophie de Poincaré résume la totalité de ses
recherches scientifiques et ne fait pour ainsi dire qu'un avec
elles. Les fonctions fuchsiennes se relient à la géométrie non-

euclidienne, qui mène à la relativité de l'espace, laquelle conduit droit vers l'idéalisme à la Berkeley. Les autres travaux de Poincaré confirmeraient ce point de vue : tous convergent au même point, tous aboutissent à la même conclusion finale.

La simplicité enfin des problèmes abordés par ce grand esprit constitue peut-être leur plus frappante séduction. Il s'attaquait principalement à des questions de première importance, parfaitement simples, faciles à énoncer en quelques mots, directement posées par la nature des choses : il les résolvait de même, dédaignant les détours, par les moyens les plus immédiats. Quelle nuée d'intégrales, que de périphrases interminables n'aurait-il pas fallu, à côté de cela, pour dire les recherches de tel savant plus obscur ! — Cette simplicité même est un des caractères les plus évidents du génie : qu'il s'agisse de mathématiques ou de peinture et de littérature, les belles œuvres sont toujours simples. C'est ce qui en fait le charme éternel et les rend accessibles aux hommes de tous les pays ainsi que de tous les siècles. Il faut, il est vrai, des âmes d'artistes et de poètes pour les concevoir; mais nous n'en devenons que plus désireux de les connaître et c'est parce qu'il sut allier à la puissance du mathématicien des tempéraments si divers que la mémoire d'Henri Poincaré, comme celles de Newton et de Laplace, vivra dans la postérité.

Jean BOSLER (1898),

Docteur ès sciences, Astronome à l'Observatoire de Meudon.